坂村真民 箴言詩集

天を仰いで

西澤孝一・編

心が小さくなった時は
天を仰いで
大きく息をしよう
大宇宙の無限の力を
吸飲摂取しよう

致知出版社

坂村真民箴言詩集

天を仰いで

本書を推薦します

臨済宗円覚寺派管長　横田南嶺

平成最後の夏のある日、坂村真民記念館の西澤孝一館長ご夫妻にご案内をいただいて、坂村真民先生の生誕地である熊本県玉名の地を訪ねることができました。

真民先生は、8歳で父を亡くし、その父の遺骨であるのどぼとけに毎朝、お水をお供えされました。毎朝、共同井戸からまだ誰も汲む前の水を汲んできたといいます。

その井戸が、今も残っているとうかがって是非この目で見ておきたいと思ったのです。

父を亡くしてから、真民先生は母と共に5人兄弟で暮らしていました。

5人の子供を一人で育てる母の苦労というものは察するに余りあります。真民先生も幼い頃から、母と共に苦難の生活を送られました。

そんな中、毎朝未明に一人起きて、まだ暗い夜道を、雨の日も風の日も井戸水を汲みにゆくというのは並大抵の意思ではできないでしょう。

亡き父ののどぼとけにお供えするために一番の水を汲みたいという一途さ、どんな日にも休むことをしないひたむきさ、そんな純粋さこそが、真民詩の原点であると思っています。

人は誰しも、そのような純粋さをもっているのでしょう。しかし、多くの人は、成長するにつれて、いつしかそんな心を失ってしまいます。

しかし真民先生は、この八歳の頃からの一途さ純粋さを、97歳で亡くなるまで生涯保ち続けられたのであります。

『坂村真民全詩集』第1巻の冒頭にあり、本詩集の初めにも引用されている「いつも澄んで　天の一角を見つめろ」という思いを生涯貫かれたのです。

そのことが、真民先生の何よりの魅力であり、余人にはまねできないところでもあります。

それには、生涯にわたって自らを励まし、戒め、「今のままではダメになる」「まだまだ」と「こつこつ」努力を続けられたのであります。その自らを戒め続けた詩が、この度の『箴言《しんげん》詩集』にまとめられています。

驚くべきことには、90歳を超えてもなお、「今までの　生き方では　駄目である　変わるのだ　蟬のように　脱皮　一新　するのだ」と自ら鞭《むち》打たれているところであります。

禅語に「源深ければ流れ長し」とありますが、純真に深く掘り下げたからこそ、長く多くの人の力になり、弘まっていったのでしょう。熊本の井戸をのぞいた時に、そんな真民詩の深さに触れた思いがしました。

人さまにお勧めしたいのはもちろんのことですが、まずはこの『坂村真民箴言詩集』を手元に常において、私自身が自らを戒めなければならないと痛感しています。

新しい令和の時代を迎えて、本書が刊行されたことを喜び、広く皆さまにお勧め申し上げます。

令和元年十月

はじめに

坂村真民の生き方——人としてどう生きるかを問い続けた人生

坂村真民は、生きることに悩み苦しみながら、いつも自分に向かって「この生き方でいいのか」「まだまだいかん」と自問自答しながら生きていました。

真民にとっては、詩を作ることと生きることは同じものであり、「真の人間として生きるための生き方」を模索する中で詩が生まれてくるのです。真民は、そういう「坂村真民の生き方」を常に自分自身に向けて問いかけ、その答えを「自分への戒めの詩」、「箴言詩」として、多くの詩を残しています。

また、真民は、42歳から96歳までの54年間に796冊の「思索ノート」を書き残していますが、この「思索ノート」の中で真民は、毎日のように自分を戒め、自らを励まし奮い立たせる言葉を書いています。これは、「思索ノート」を書き始めた40代から晩年の90代まで、変わらず一貫してほぼ毎日の「思索ノート」に書かれています。

坂村真民の詩は、「君たちはどう生きるか」を問う詩ではなく、「私はどう生きるべきか」を問う詩であり、どの詩も「君たちや貴方たちへの詩」ではなく、「自分自身に向けた詩」であり、その中心となるのが「自分への厳しい戒めの詩」なのです。

そこで本書では、生涯1万篇以上の詩作の中から、40代から90代までの各年代ごとに、真民がそれぞれの時代（年代）に、生きる苦しみとともに自らを戒め、自らを励ますために書いた詩を選び出し、ご紹介することとします。

この「箴言詩集」が、今を懸命に生きる読者の方々を励まし、明日へ向かって生きてゆくための道しるべになることを願っています。

坂村真民箴言詩集　天を仰いで＊目次

第2章　詩人として生きる覚悟

50代の箴言詩（昭和34年〜昭和43年——宇和島、砥部時代）

第3章　詩作一筋に生きる

60代の箴言詩（昭和44年〜昭和53年──砥部時代）

第4章　初心を忘れず詩作に励め

70代の箴言詩（昭和54年〜昭和63年―砥部時代）

第5章　妻と二人で生きるために

80代の箴言詩（平成元年～平成10年―砥部時代）

第6章　すべてを捨てて独りに戻る

90代の箴言詩（平成11年〜平成18年―砥部時代）

編集余録　西澤孝一

装幀――スタジオファム
カバー写真――提供：ＡＩＤ／アフロ

第1章

人間として如何に生きるか
——40代の箴言詩（昭和26年～昭和33年——三瓶、吉田、宇和島時代）

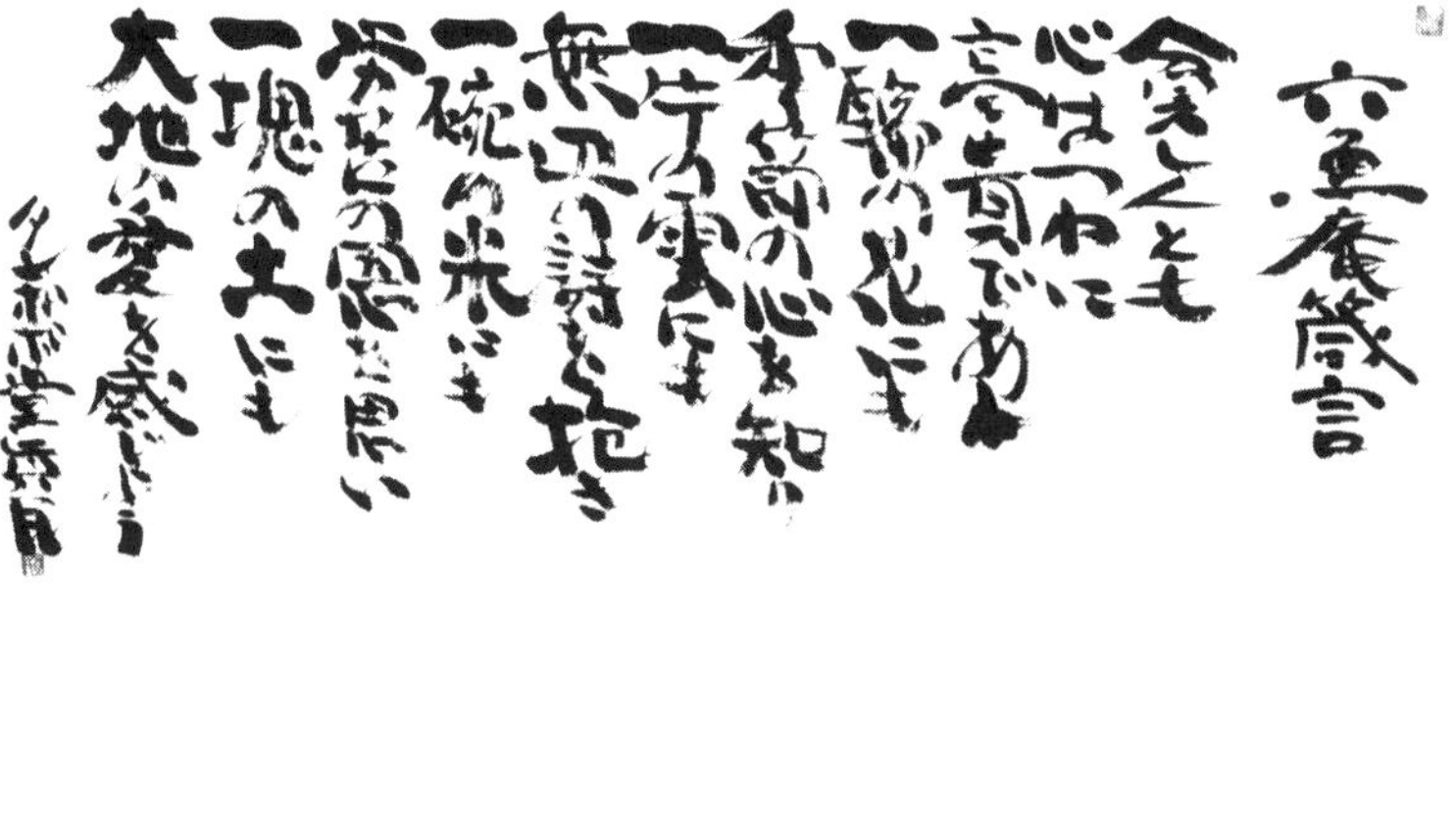

真民の40代は、「人間として如何《いか》に生きるか」を問い続けて生きるために「参禅」を決意し、修行僧と同じような生活を送ります。しかし、家族を養うために教師として働かなければならないというジレンマを抱えて、管理教育が徹底され居心地の悪い学校では真民はいつも「孤独」でした。また、真民の精神的支柱であった「母」が亡くなりその悲しみを救ってくださった杉村春苔先生とのめぐりあいもありました。

真民の唯一の安らぎの場は「家庭」で、家族の存在は「生きる希望と喜び」を与えてくれるものでした。

40代の箴言詩

六魚庵箴言（40歳）

その一

狭くともいい
一すじであれ
どこまでも掘り下げてゆけ
いつも澄んで
天の一角を見つめろ

その二

貧しくとも
心はつねに
高貴であれ

一輪の花にも
季節の心を知り
一片の雲にも
無辺の詩を抱き
一碗の米にも
労苦の恩を思い
一塊の土にも
大地の愛を感じよう

その三

いじけるな
あるがままに
おのれの道を

素直に
一筋に
歩け
（その四省略）

六魚庵独語（40～41歳）

水ごりでもしたい時がある
己れのきたなさに
われながら厭わしくなる時がある
引き揚げてきた日の覚悟が
消えてしまったような時がある
温かい心を持って

正しい心を持って
一生を貫いてゆくことを
明日の糧に困りながらも祈った日の清廉が
体から抜けてしまったような時がある
恐ろしいのは平凡　安定　妥協
安価な幸福
どんなに生きてもあと二十年
惜しまれるのは今日の一日
しかしああ今日も
無為に暮らしてしまった
貧しさに生きよう
貧しさに慣れよう
この心を失った時

生活にひびがいる
欲が人間を腐らせる
精神を丈夫にすることは
肉体を丈夫にすることだ
飲んだ時の興奮は
正常なものではない
よい本を読め
よい本によって己れを作れ
心に美しい火を燃やし
人生は尊かったと
叫ばしめよ
世の終わり
息の極みに

六魚庵哀歌（40～41歳）

1　強い人間になりたい

悲しんで帰ってきた父を
とりかこんで迎える子らよ
父の悲しみを
生きてゆくために
どんなに苦しんでいたかを
いつかは知ってくれる時があろう
つめたくなった飯を
ひとり食っていると

涙がにじんでくる
父ちゃんおそかったね
父ちゃん何してたのと
かわるがわる尋ねる子らよ
慰めてくれる者は
お前たちだけ
お前たちだけのために
何もかも我慢して
明日もまた働こう
ああどんなに非難されようとも
どんなに鞭打たれようとも
敢然と太刀《たち》うち出来る
強い人間になりたい

悪口も雑言も
平気で人の前に言える人々を
羨ましく思う
カマキリのめすのような
無情冷酷さを
いくらかでも持っていなくては
生きてゆけない世の中だ
愛だけでは負けてしまう世の中だ
わたしなどは生まれてこなかった方が
よかったかも知れぬ
妻も悲しめなくてすむし
子も苦しめなくてすむし
生まれてこなかった方が

幸せだったかも知れぬ
四十にもなって何を言うのだと
人は笑うだろうが
自分を知ることが
多くなればなるほど
妻にも子にも
すまぬすまぬと思うことばかりだ
ああ
強い人間になりたい
強くならねばならぬ
強くなるよう祈らねばならぬ

（2、3省略）

4　かなしみはいつも

かなしみは
みんな書いてはならない
かなしみは
みんな話してはならない
かなしみは
わたしたちを強くする根
かなしみは
わたしたちを支えている幹
かなしみは
わたしたちを美しくする花
かなしみは

いつも枯らしてはならない
かなしみは
いつも湛《たた》えていなくてはならない
かなしみは
いつも噛みしめていなくてはならない

あの時のことを（41歳）

あの時のことを
お互い忘れまい
ふたりが
かたく誓いあった時のことを

ふかく喜びあった時のことを
思いあがった時は
いつも思い出そう
初めて父となり
初めて母となった
あの日の嬉し涙を

お互い
古くなってゆく袋に
新しいものを入れなおそう
おのれを失った時は
いつも語りあおう

慰めあい
悲しみあい
苦しみあい
二人で過ごしてきた
数々の日のことを

かなしき（鉄砧《かなしき》）のうた（42歳）

兀坐《こつざ》と言ふかなしきにかかって
ずんずん琢磨すれば皆同じ型になる
正法眼蔵坐禅箴啓迪

たたけたたけ
思う存分たたけ
おれは黙つて
たたかれる
たたかれるだけ
たたかれる

存在のために
真実のために
飛躍のために
脱却のために

たたけたたけ

いい気味だと
思うまでたたけ

忍従が何であるか
圧力が何であるか
価値が何であるか
軽視が何であるか
たたきつかれたら
わかるだろう
たたきつぶしたら
さとるだろう
たたけたたけ
よってたかってたたけ

気のすむまでたたけ
たたくだけたたけ

たんぽぽのうた（47歳）

みんな
寒い寒いと
言っているが
何だか
ぽかぽか
してくるね
どうして

こんなに
俺たちだけが
ぽかぽか
してくるのかね
待っているからだよ
希望があるからだよ
そうだね
まったくそうだね

花無心（48歳）

濁りなき身に

濁りなきものの寄り来る
濁りなき心に
濁りなきものの映り来る
濁りなきものを恋い
路傍の花に向かう

花無心にして
蝶来り
蝶無心にして
花開くとや
噫々《ああ》

自らを励ますうた（48歳）

真民よ
人間を少しでも引き上げるような詩人になれ
世界を少しでも善くするような詩人になれ
人間を絶望させ
人間を堕落させ
人間を否定するような詩をつくるな
エヴェレストの頂のように
マナスルの山のように
毅然と立て
深海の魚のように
自ら燈《あかり》をつけて遊泳せよ

どん底から真理を発見して
前進せよ

一字一輪（48〜49歳）

字は一字でいい
一字にこもる力を知れ
花は一輪でいい
一輪にこもる命を知れ

自戒のうた（49歳）

小さな家にいても
こころ貧しくなるな
まずいものを食っていても
物欲しくなるな
堪えがたいことがあったら
一本の木を見つめて
勇気を出せ
生命をつかむためには
素直にならなければならぬ
真民よ
あせらず

帰りたい。もう一度私はもとへもどろう、赤子のような無心さで、み佛の前へ額づこう。齢四十五私は生れかわらなければならない。無求　無着　私は出なおさなければならない」

（昭和29年2月26日「眞證録5」）

「今日はさびしい日だった、生きてゆくことが苦しい日だった。詩だけに生きることのできない、この処世に愚かな自分がみじめで、さびしくて、どうにもならぬ日だった。眞民よ耐えて行け、忍んで行け。生きたい、生きたい、生き耐えて行かねばならぬ。涙も出ないほど、からだもこころもつかれている。なんと言われても我慢して行くのだ。三人の子供たちのために生きてゆくのだ」

（昭和30年7月5日「眞證録15」）

「わたしは三人の子に、腹いっぱい食べさせねばならぬ、それがわたしの詩の仕事よりも、もっと大事なつとめだ。いくせんのひなんを身にうけようと、いくまんのつぶてを身にうけようと、生きぬかねばならぬ。三人の子のために、三人の子に腹いっぱい食べさせるために。シュヴァイツァーを思うことも大事だ、リルケを思うことも大切だ、でもわたしには妻と三人の子がいる、この者たちに食わせていくことに、わたしはもっと思いを寄せねばならぬ」

（昭和32年12月7日「詩眼窟日記43」）

「今のわたしはかつてないほどのスランプだ、突破せよ　この危機を、坐禅に依って突き抜けてゆけ、私の詩は私の詩である、他の誰の模倣でもない　眞民よ　この道をひたすらに行け」

（昭和33年6月23日「真民ノート50」）

第2章
詩人として生きる覚悟
——50代の箴言詩（昭和34年～昭和43年——宇和島、砥部時代）

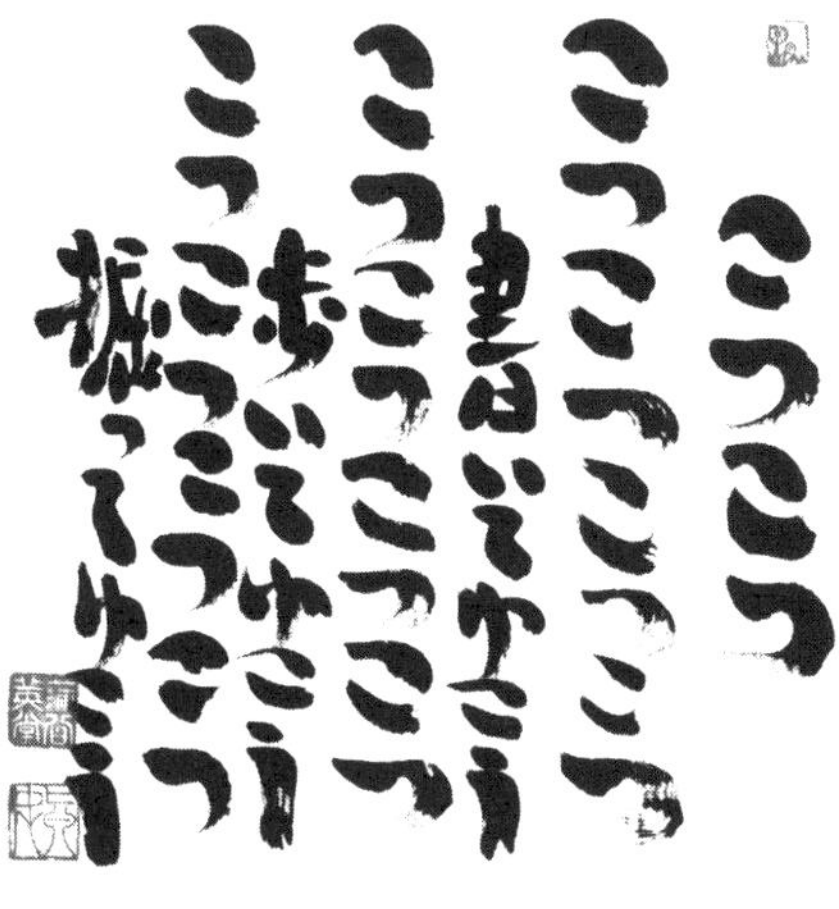

50歳の時に一遍上人像と対面し、この人の跡を継ごうと決心します。また、53歳の時に森信三先生から『詩国』発刊を教示され、詩人として生きる覚悟が固まります。しかし坂村家では、3人の娘が大学進学を迎え、経済的に苦しい時代でもありました。

58歳で県立高校の教員を定年退職して、新田高校の教員として砥部で第2の人生を送ることになり、この年、『自選坂村真民詩集』が大東出版社から刊行され、四国の片隅の詩人が全国にデビューします。

50代の箴言詩

一遍智真（50歳）

捨て果てて
捨て果てて
ただひたすら六字の名号《みょうごう》を
火のように吐いて
一処不住の
捨身一途の
彼の狂気が
わたしをひきつける

六十万人決定往生《けつじょうおうじょう》の
発願《ほつがん》に燃えながら

踊り歩いた
あの稜々《りょうりょう》たる旅姿が
いまのわたしをかりたてる

芭蕉の旅姿もよかったにちがいないが
一遍の旅姿は念仏のきびしさとともに
夜明けの雲のようにわたしを魅了する

瘦手《そうしゅ》合掌
破《は》衣《い》跣《はだし》の彼の姿に
わたしは頭をさげて
ひれ伏す

こつこつ（50歳）

こつこつ
こつこつ
書いてゆこう

こつこつ
こつこつ
歩いてゆこう

こつこつ
こつこつ
掘り下げてゆこう

手紙（55歳）

子どもたちの手紙を
ふところにして
働け働け
どんな試練にも
運命にも堪えて
働けるだけ働け
お前の詩は
その働きのなかから
生まれることを知れ
ぺこぺこするな
ふらふらするな

どっしりと歩け
熊のように
りんりんと行け
獅子のように

肥後モッコス（55歳）

サカムラ・シンミンという
モッコス男が一匹
イヨの国にきて
えらい難儀をしたそうな
他抜きもなかという菓子さえある

イヨの国なんだ

ミズカミ・リョウスケくん
きみにはこの気持が
わかってもらえそうだなあ

もずのこえをきくと
おまえも我々の仲間かと
呼びかけたくなる
なにも好きこのんで
叫んでいるのではない
あんまりへいこらへいこらする
人間が多くなると

ついかっとしてくるのだ
ムロハラ・トモユキさん
あなたはよく戦ったなあ

＊ミズカミ・リョウスケくんは同郷の
闘士・朝鮮時代からの良友
ムロハラ・トモユキさんは蜂の巣砦
で知られた阿蘇の闘将・現代モッコ
ス男の代表者といってよい

箴言（56歳）

ふかきを
きわめ
あさきに
あそぶ

一本の道を（58歳）

木や草と人間と
どこがちがうだろうか
みんな同じなのだ

いっしょうけんめいに
生きようとしているのを見ると
ときにはかれらが
人間よりも偉いとさえ思われる
かれらは時がくれば
花を咲かせ
実をみのらせ
自分を完成させる
それにくらべて人間は
何一つしないで終わるものもいる
木に学べ
草に習えと
わたしは自分に言い聞かせ

今日も一本の道を行く

裸木（58歳）

冬のさなかに生まれた者が
少しの寒さにふるえていて
どうするぞ
裸木を見よ
一切を脱落させて
リンリンと
寒風におのれをさらし
毅然として

大地につっ立っているではないか
弱音や愚痴が出そうになったら
裸木の前に立て
そしてそのいのちに触れろ
朝日夕日に光る
巨幹万枝の姿を見つめろ

尊いのは足の裏である（59歳）

1

尊いのは
頭でなく

手でなく
足の裏である

一生人に知られず
一生きたない処と接し
黙々として
その努めを果してゆく
足の裏が教えるもの

しんみんよ
足の裏的な仕事をし
足の裏的な人間になれ

2

頭から
光が出る
まだまだだめ

額から
光が出る
まだまだいかん

足の裏から
光が出る
そのような方こそ
本当に偉い人である

タンポポのこえ（59歳）

しんみんさん
三人の子が去っていっても
そうなげきなさるな
そうかなしみなさるな
三人の子には
諸仏諸菩薩さまが
ついていて
守って下さっているから
安心しなさい
おまかせして
ゆっくり眠りなさい

そう言って慰めてくれる
タンポポたち
そう告げて励ましてくれる
タンポポたち

どんな石にも（59歳）

（愛石唱6）

どんな石にも
歴史がある
ふところに入れていると
石はいつか語り出す

長い旅の話を
その流転の過去を

一輪の花のごとく（59歳）

わが生よ
一輪の花のごとく
一心であれ

わが死よ
一輪の花のごとく
一切であれ

サラリ（59歳）

すべて
サラリと
流してゆかん
川の如く

すべて
サラリと
忘れてゆかん
風の如く

すべて

サラリと
生きてゆかん
雲の如く

「思索ノート」より

「職場の空気がいよいよ面白くないようになった、だが耐えてゆかねばならぬ、妻と子のため、今のわたしにできることは耐えてゆくことだ」

（昭和34年4月9日「たんぽぽ日記57」）

「落ち込め落ち込め、落ち込まなくては星は見えない、落ち込む勇気こそ、お前に詩を書かせる土台となろう、耐えて行け、耐えて行け、耐えて行かなくては、峠へ達することはできぬ、峠へ達するまでの忍耐こそ、お前を一人前の詩人にするであろう」

（昭和35年6月21日「暁天録104」）

「教員生活もあと四年ぐらいだ。この重さは、私のようなものには次第に堪えがたいものとなりつつある。とくに今の職場は私には良くない。（どこに行っても大したちがいはないかも知れないが）堪えて行け、堪えて行け、たゞそれだけが今のわたしを支えている」

（昭和35年9月15日「暁天録114」）

「一本の道を行けばいいのだ、自分の道を行けばいいのだ。右顧左眄《うこさべん》することが一番いけない。一しょうけんめい苦しむことだ、人に頼ってはならぬ、甘い考えをもってはならぬ。きびしく自己を見守っていったら、大ていのことはできる筈だ。悪戦苦闘こそ創作家のあけくれである」

（昭和36年2月7日「タンポポ堂日記126」）


「眞民よ、ぐらつくな。眞民よ、お前はお前の道を行け。自分の詩を書き、自分の字を書くのだ。年五十を越えて、もうどうしようもないではないか。だからただ一つの最後の道は、自分を打出すより外ないのだ。右顧左眄していたらきりがない、お前より偉い、お前より上手な人は一ぱいいる。でもお前と同じ人は一人もいないのだ、眞民よ独自の道を行け」

（昭和37年12月15日「詩国日誌198」）


「本当の仕事はこれからだ。二足のわらじをはいていた時代はまだ本当のものではない。一足のわらじをはいて、その一足だけでいきてゆける人間になって始めて、本当の詩が生れてくるだろう。乞食となる覚悟をせよ。言うのはやすいが実行は至難だ、でもそうしたかたい決心で詩に一切を捧げねばならぬ」

（昭和40年2月20日「詩記280」）

「一遍さん、あなたの力をかして下さい。念仏の賦算《ふさん》を、日本全国にくばりながら歩かれた力を、わたしにもかして下さい。私も詩国を、縁ある人にくばりながら、一日でも一時間でも長生きをしたいのです。あなたの行脚《あんぎゃ》の念力を、私にもお授け下さい」

（昭和40年4月22日「詩記289」）

「『詩国』はことしで六年目に入った。しかし桃栗三年柿八年梅の十三年というから、十三年はたたないと、あの花の芳香と、あの実の薬効とを打ち出すことはできない。柿は花もだめ、実もまだ衆生済度《しゅじょうさいど》はできぬ。どうしても梅まで行かねば成果はあがらない」

（昭和42年2月14日「詩記343」）

「しんみんよ、もっと苦しめ、もっと悩め、お前の詩はこれからだ、六十からだ、六十になるために、あとの二ヶ月を、眞剣に送るのだ、そしたら輝かしい六十代が到来しよう」

（昭和43年10月30日「詩記384」）

第3章

詩作一筋に生きる

——60代の箴言詩（昭和44年～昭和55年——砥部時代）

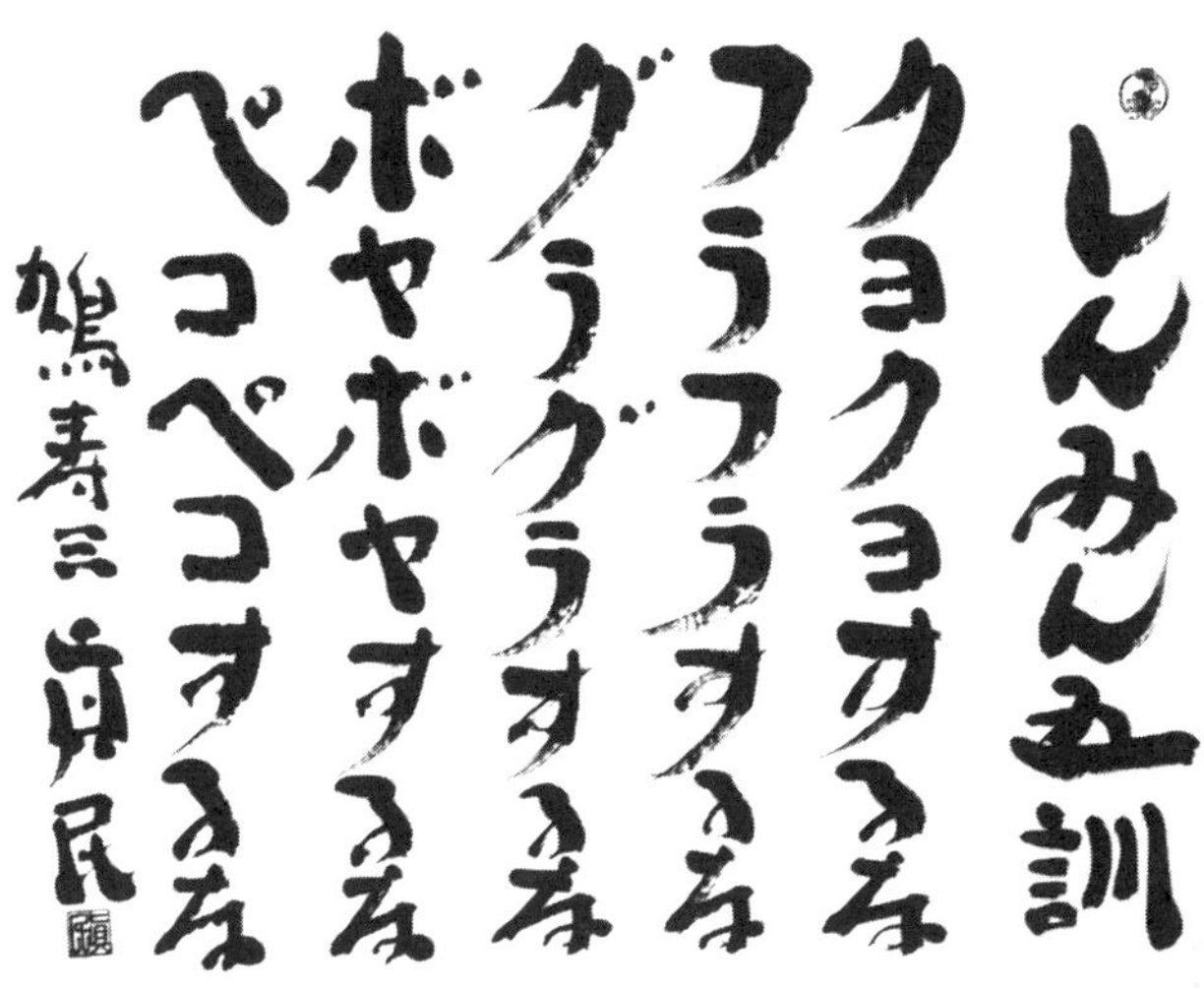

還暦を迎え、砥部での生活にも慣れ、詩人坂村真民の花が少しずつ開いてゆくのが60代です。家族は、3人の娘がそれぞれ独立して、生活のために働く必要がなくなり、妻と二人だけの生活に戻り、念願の「詩作一筋に生きる」生活が始まります。

68歳の時には、第二の母として慕っていた杉村春苔先生が亡くなります。真民にとっては「観音様」であり、「大詩霊さま」「大詩母さま」として「春苔先生への祈り」が、真民の毎朝の最も大切な祈りとなり、「自分への戒め」とともに真民の「生きる原動力」となります。

60代の箴言詩

しんみん五訓（60歳）

クヨクヨするな
フラフラするな
グラグラするな
ボヤボヤするな
ペコペコするな

冬（60歳）

しんみんよ　1

冬の非情を知れ
冬の痛棒を甘受せよ

2

しんみんよ
冬の子らしく
一切を脱衣せよ
裸木のリンリンたるを
わが姿とせよ

3

しんみんよ
冬の無垢清浄を
わが行為の根源とせよ
降りくる霰を噛め

4

しんみんよ
冬花の香気を愛せよ
寒梅　寒蘭の
実意に触れよ

5

しんみんよ
冬天の星座に
合掌せよ
美の極限に参入する
気魄を受持せよ

6

しんみんよ

冬の地底の水を飲め
その母なる大地の温みを
汝の詩の生命とせよ

つねに前進（61歳）

すべて
とどまると
くさる

このおそろしさを
知ろう

つねに前進
つねに一歩

空也は左足を出し
一遍は右足を出している

あの姿を
拝してゆこう

しんみん三訓（62歳）

貧しくあれ
つつましくあれ
捨て身であれ

声（62歳）

——詩国十周年を迎えて

朴の広葉が
わたしに告げる

しんみんさん
これからだよ
捨聖（すてひじり）の世界は
これからだよ
無一物無尽蔵の境涯は
これからだよ　と
そうだ
これからだ
心をおちつけて
我行精進しよう
　——まだまだ苦行が足りぬ
一心になっていない
教員をしていると

どうしても甘くなる
きびしさを忘れがちだ
しっかりしろしんみん

詩人しんみんに与うる詩（63歳）

しんみんよ
過去の人を
研究することも大切だが
この現世に
苦しみ生きる人のため
一葉の便りでもいい

同苦共患の思いをしたため
心を通わせてゆけ

しんみんよ
死んだ人のことを
痛み歎くのもいいが
現に生きて
悩み泣く人のため
一篇の詩でもいい
思いをこめて作り
明日への力を与えてゆけ

花ひらき

蝶きたり
蝶きたり
花ひらく
この呼吸をつねに持ち
あくまで野の詩人として
一隅に生き
一隅に死せよ

いまのままではダメになる（64歳）

いまのままではダメになる
いちばん恐ろしいのは惰性《だせい》だ

そう思いながら
デパートのエスカレーターを上っている時
大きな潮《うしお》のようなものが
わたしを襲ってきた
しんみんよ
二足のわらじをはいていてはダメだ
一刻も早く一足のわらじをはき
百尺竿頭一歩を進めるのだと
胸をしめつけるような声で迫ってきた
棟方志功展の会場に入ると
一層この思いが強くなった
わたしは華厳という大文字の前に立ち
決意を固くした

くちなしの花（64歳）

口をつつしめと
教え諭《さと》してくれる
くちなしの花

ほのかな香りが
疲れたわたしの心を
ほぐしてくれる

口ゆえに犯す
罪のかずかず
梅雨《つゆ》の晴れ間の

光に匂う
白いくちなしの花

鉄眼と一遍（65歳）

しんみんよ
こころが弱くなったら
鉄眼《てつげん》を思え
モッコス肥後の
真骨頂を示した
一切経開板の
願力を学べ

しんみんよ
こころが弛《ゆる》んだら
一遍を思え
仏島四国の
真面目を示した
六十万人決定往生《けつじょうおうじょう》の
願心を学べ

これからだ

（65歳）

みどりの風よ
これからだ
さえずる鳥よ
これからだ
みちくる潮よ
これからだ
もえでる葦よ
これからだ

わたしの生よ
これからだ

一筋の道（65歳）

右往左往せず
右顧左眄《うこさべん》せず
自分の道を
一筋に行こう
これよりほかに道はない

わたしの前に光る
一筋の道よ
いのちに満ちた
世尊への道よ
花咲き
鳥飛び
雲湧く
美しい道よ
限りない喜びの道よ

こおろぎのこえ（66歳）

耳をすますとこおろぎが
鳴いているではないか
耳鳴りのするわたしは
妻を呼んできた
たしかに鳴いていますという
きょうはもう十二月
寒い日が何日もあったし
みんな息絶えたと思っていたのに
白木蓮の落葉の中で
はっきり一匹鳴いているのだ
しんみんさん息している間は鳴きますよ

あなたも生きている間は
詩を作るんですね
そう言って鳴いているような
こおろぎのこえであった

戒

（68歳）

家は貧なるべし
人は愚なるべし
字は拙なるべし

一貫（68歳）

一以って貫く
わたしは
これが好きだ
わたしは
愚か者だから
これしか
できないのだ

一貫の詩
一貫の愛
一貫の師

これが
しんみんの
生き方だ

うた（69歳）

うれしいときには
うれしいうたがうまれ
かなしいときには
かなしいうたがうまれる
できるだけ
うれしいうたをつくろう

三不忘（69歳）

貧しかった時のことを
忘れるな
苦しかった時のことを
忘れるな
嬉しかった時のことを
忘れるな

しんみんらしく（69歳）

冬生まれの

しんみんよ
しんみんらしく
生きてゆけ
冬花のように
凛然と
冬鳥のように
昂然と
冬木のように
毅然と

砥部の砥石（69歳）

砥部の砥石で

おのれを磨け
そう思ってここに来たのだ
砥部の砥石よ
わたしを本当の人間に
しあげてくれ
本当の詩人にして
死なせてくれ

「思索ノート」より

「生きてゆけ、生きてゆけ、妻と三人の子のために、生きてゆけ、生きてゆけ、生きてゆけ、けんめいに詩をつくり、けんめいに『詩国』を刊行し、喜んで死んでゆける、毎日の積み重ねであれ」

（昭和44年3月1日「詩記394」）

「清貧ということばを、わたしはもっと身につけねばならない。清貧の二字だけでもよい、ほんとうに身につけることができたら、世尊の愛子《まなご》としてイエスの愛弟子《まなでし》として、おん前に立つことができるであろう」

（昭和45年1月16日「詩記420」）

「信仰を確立するのだ。フラフラしない、グラグラしない、独自の信仰をしっかと身につけるのだ。しんみんよ、お前のやっていることは最高の仕事だ、誇りと自信とをもって邁進せよ」

（昭和45年8月31日「詩記431」）

「わたしには大詩霊さまがある、大詩霊さま、大詩母さまの信仰がある、しんみんよ、お前はお前の道をまっしぐらに行くのだ。フラフラするな、グラグラするな」

（昭和47年5月11日「詩記４６７」）

「貧しくあれ、無であれ、これが根本にならなくちゃならん。しんみんよ、あと一年でほんとにやめるんだ。〝詩人として死ぬため〟一日も早く教員としての足を洗うんだと言いきかせた。〝詩人として死ぬため〟これがわたしのすべてだ。これがわたしの最後の生き方だ」

（昭和47年11月19日「詩記４８０」）

「さあ今日から『第三の人生』が始まるのだ、雨よ風よ、来らば来れ、まっしぐらに進んでゆこう。七十才までの五年間こそもっとも意義深い歳月だ。大詩霊さまの愛子として愛弟子としてただ一筋に進んでゆこう。何者にも縛《ばく》されず進んでゆこう。作家というものは縛されてはならない。そこが宗教家とちがうところだ。第三の人生というのは、この縛されない人生のことだ。自由に生きる人生のことだ。時間にも縛《しば》られることもない。（金を貰っていると、これに縛られるのが一番苦しかった、辛かった）

新しい生よ、門出よ、一足のわらじをはいて進んでゆこう。しんみん独自の道を行こう」

（昭和49年4月1日「詩記５０３」）

「妻と二人で生きてゆく、それだけでいいのだ、名誉も出世も利欲も何一ついらぬ、ただ一隅にあって仏さま観音さま、大詩霊さま大詩母さまに守られて生きてゆく、それでいい。このほか一切、何もいらぬ」

（昭和49年7月10日「詩記５０５」）

「しんみんよ、お前はお前の道を行けばいいのだ、フラフラするな、グラグラするな。頑固であれ、一徹であれ、モッコス魂を忘れるな」

（昭和50年6月6日「詩記５１４」）

「妻にはどれだけ感謝していいかわからない。私が今日こうして生活してゆけるのも内助のおかげだと思う。目覚めてそんなことを思った。わたしは狭量で欠点の多い人間である。そのわたしを広い世界におし出してくれてきたのは、彼女の天性の美質である。この天性の美質ということばが実にぴったりくる女性である。わたしなどいくら坐禅したって、ダメな人間だが、生れたときから『無』の公案など通過してきたような天性を持っているのである。観音の化身といってよいだろう」

（昭和50年12月9日「詩記５２２」）

「貧しい詩人であれ、でも心だけは豊かであれ。詩人は詩を作ってゆけばいいのだ。他のことを考えるな、わたしは教師としてはゼロであった。だからこの空白をとりもどすためにも長生きしなければならぬ」

（昭和51年11月14日「詩記５３７」）

第4章 初心を忘れず詩作に励め

——70代の箴言詩（昭和54年～昭和63年 ― 砥部時代）

こぶしの花

かたく握りしめている
こぶしを
少しずつ
開いてゆく
こぶしの花
ああ
わたしも開こう
心のこぶしを

60歳まで生きることは難しいと思って生きてきた真民ですが、『詩国』を毎月発行することで、精神的にも肉体的にも元気になります。詩人として全国的な名声を得て、「70代が一番いい仕事が出来るのではないかと思う」という自信も出てきて、「詩国賦算《ふさん》」にますます集中することになります。

しかし真民の内面では、「初心を忘れず、六魚庵天国の時代に帰れ」「貧乏のどん底にあった頃のことを忘れるな」という声を毎日のように発して、自分を戒め生きるのです。

70代の箴言詩

教え（70歳）

しんみんさん
お急ぎなさるな
悠々とわたしは
ゆきますからね
と言っているのだろう
そんなことを教えるため
タンポポ堂の朴は
今年も花を
つけなかったのだろう
ああ
天然自然にまかせて

わたしもゆこう

冬の風（71歳）

冬の風は神威のように吹く
まさに天馬の駆けてゆくような勢いだ
冬生まれのしんみんよ
冬の風の中を行け

四訓（71歳）

川はいつも流れていなくてはならぬ
頭はいつも冷えていなくてはならぬ
目はいつも澄んでいなくてはならぬ
心はいつも燃えていなくてはならぬ

自戒（72歳）

花のささやきが
きこえなくなったら
もうおしまいだ

石の声々が
消えていったら
もう駄目になった証拠だ

これからこれから（72歳）

これからこれからと
春の鳥たちがやってきて
囀ずるのだ

これからこれからと
春の花々が咲き出して

告げるのだ
これからこれからと
わたしもわたしに呼びかけて
励んでゆこう

約束 （72歳）

わたしは一遍上人と
約束をした
あなたは南無阿弥陀仏
決定往生《けつじょうおうじょう》六十万人と書いた

賦算札《ふさんふだ》を配って
日本全国を歩いたが
わたしにはそんなことはできないし
しても今の世の人々は
喜び受け取ってくれそうもないので
詩誌「詩国」を発行して
あなたの御遺志を継いでゆこう
そう思い
あなたの御誕生地にある
宝厳寺《ほうごんじ》にお参りをし
あなたの足に手を触れ
あなたとの命の交流を乞い
新しい出発を始めた

ああこの聖なる約束を果すため
一年でも一日でも長く生きてゆこう

モズ（72歳）

モズが
しんみんさん
まだまだ駄目ですよと
まだ暗いうちから
このごろ
叫ぶようになった
きまった時刻に

きまって訪れ
わたしの奮起を
促すようになった

こつこつ（73歳）

こつこつ
こつこつ
木をつついて
孔をあけ
巣づくりをする
きつつきのように

こつこつ
こつこつ
こんとん未明に起き
詩を書き続けてゆこう
きつつき
こつこつ
しんみん
こつこつ

声（73歳）

しっかりしろ
しんみんと
励ましてくれる
虫たちが
鳴きしきる
昼は木々のせみたち
夜は草むらの虫たち
その声の
すがしさ
一途さよ

貫く（73歳）

しんみんには
しんみんの世界がある
道がある
詩がある
それを貫くのだ
それでいいのだ
それしかないのだ

大事なこと（74歳）

真の人間になろうとするためには
着ることより
脱ぐことの方が大事だ
知ることより
忘れることの方が大事だ
取得することより
捨離することの方が大事だ

声援（74歳）

春になると
しっかりするんだ
しんみんさんと
いち早く花をつけて
タンポポたちが
励ましてくれる
そして秋になると
こころ澄ませて
よい詩を作れと
こおろぎたちが
声をそろえて

力づけてくれる

しっかりしろ（75歳）

詩に生き
詩に死すのだ
しっかりしろ
しんみん
真実不虚《ふこ》
真実一路

立冬の朝（77歳）

冬生まれのしんみんよ
覚悟はよいかと呼ぶ声がする
もうろくはまだしていませんと告げ
地球に額をつけて祈る

こぶしの花（78歳）

かたく握りしめている
こぶしを
少しずつ

開いてゆく
こぶしの花
ああ
わたしも開こう
心のこぶしを

闇と苦（78歳）

闇があるから
光がある

苦があるから

楽がある
闇を生かせ
苦を生かせ

好日（79歳）

風のようにただささらさらと
花のようにただきらきらと
日日是好日
これがわたしの生き方在り方

生きざま（79歳）

生きざまを
壮絶たらしむべし
すべての祖師たちが
そうだったのだ
特にわが師一遍上人は
粗衣粗食
一切を捨てて
二本の足で
日本国中を
賦算し続け
旅で果てられた

そのことをつねに思い
生きざまを
壮絶たらしむべし

「思索ノート」より

「一遍上人の賦算遍歴の旅を思えば、一時二時のこんとん未明の起床など、なんでもないことだ。屋根の下、畳の上に寝て、何の不足、何の不平も言うべきではない。むしろ喜び感謝し、その恩返しをしなくてはならぬ」

（昭和54年6月28日「詩記５６３」）

「何も知らなかった日のあの頃のわたしに帰らねばならぬ。もう一度わたしはわたし自身をこわしてしまわねばならぬ。そうしないと詩も字もダメになると思う。吉田宇和島時代の私に帰らねばならぬ。そのためにもこの今のわたしをこわしてしまわねばならぬ」

（昭和54年11月13日「詩記５６６」）

「わたしの師は杉村春苔先生お一人だ。この人以外をわたしは師と呼ぶまい。師というのは学問を受けた人ではない。いのちそのものを受けた人だ。宇宙には大詩霊さまがおいでになる。また大詩母さまが現存される。その大詩母さまの化身権化《けしんごんげ》が杉村春苔先生である。今日からわたしは詩人として更に更に高揚昇華《こうようしょうか》してゆく。それには師を杉村春苔先生一人と決めてこのお方を尊崇敬慕《そんすうけいぼ》してゆくことにする。おん守りお導き下さい」

（昭和55年11月3日「詩記576」）

「一つのことを続けるということが、いかに大事か。わたしのような無能無才の者でも、一つのことを続けてきたおかげで、皆さんからも大事にして頂くようになった。すべてこれ詩一筋に生きてきたからである。つみかさねというのは精進努力のことである。愚鈍の者はこの一道を行くほかないのである。『詩国』を続けてゆくのだ。しんみんよ、この賦算行に命をかけ命をかたむけて大詩母さまの大恩にお応えするのだ」

（昭和57年2月19日「詩記589」）

「しんみんよ、貧乏のどん底にあった頃のことを忘れるな。あそこにいつも帰ってゆくのだ、そうしたらどんな困難にも打ち勝ってゆけるのだ。ことばの飾りを捨てろ、そのためには一切の飾りも捨てねばならぬ」

（昭和58年8月4日「詩記606」）

「八十八歳まで生きて米寿版真民詩集を出すのだ。それまで生きるのだ。詩を作り続けて生きるのだ。しっかりしろしんみん」

（昭和60年1月17日「詩記622」）

「孤独であれ！　孤独であれ！、本ものの詩は、この孤独の中からのみ生まれてくるのだ。身辺をもっと整理せよ。これではあまりに雑然としていて、心までも乱れてきそうだ。とにかくこの多忙さから脱出せよ」

（昭和61年11月22日「詩記638」）

「少し多忙すぎるのだ。ゆとりをなくしたのだ。これが今のわたしをダメにしている。もっとゆったりした自分にならなくてはならぬ。ゆとりのある者にならねばならぬ。少し今のわたしはどうかしている」

（昭和63年4月23日「詩記654」）

第5章

妻と二人で生きるために

——80代の箴言詩（平成元年～平成10年——砥部時代）

あるがままに

才なき人は才なきままに
処するがよい
花にたとえるなら侘助《わびすけ》のように
鳥にたとえるならみそさざいのように
おのれの花を咲かせ
おのれの歌をうたい
嘆かず訴えず
なにごともあるがままに
生きるのが一番よい

80代になり、月刊誌『致知《ちち》』に取り上げられて以降、経営者や団体のリーダーという人々が真民詩を読むようになり、真民詩の読者構成に大きな変化が出てきます。81歳から始まった「朴庵例会」にも全国からそうした人々が参加されるようになり、「真民詩碑」の建立も全国的に増え、真民は雑用に追われ、詩を作る本来の仕事がおろそかになることに危惧を抱くようになります。

また、真民の妻久代が82歳の時に「乳がん」、85歳の時「くも膜下出血」で倒れ手術し、真民の生活は大きな転換期を迎えます。

80代の箴言詩

あるがままに（80歳）

才なき人は才なきままに
処するがよい
花にたとえるなら侘助《わびすけ》のように
鳥にたとえるならみそさざいのように
おのれの花を咲かせ
おのれの歌をうたい
嘆かず訴えず
なにごともあるがままに
生きるのが一番よい

花の下にて（81歳）

せいいっぱい咲いて
さっと散ってゆく
花たちの見事さ
罣礙《けげ》なく
未練なく
消えてゆく
花たちの凛凛《りり》しさ
しんみんよ
お前もかくあれと
花の下にて
花を見る

野の鳥となれ（83歳）

しんみんよ
野の鳥となれ
これがこれからの
わたしの命題
聖書から学んだ
一切放下《ほうげ》
一遍さんから教えられた
こんにち
ただいま
この生き方を
しっかりと身につけてゆこう

清貧（83歳）

花が咲き
鳥が鳴く
それだけでも
どんなにこの世は
楽しいことか

お金をもうける
欲を捨て
せめて晩年でもいい
二度とない人生を
心平らかに

生きてゆこう
清貧に生きた
聖フランシスコのように

嵐と詩人（84歳）

いつも嵐が
吹いている
それが
詩人というものだ

火をつける（84歳）

ローソクに
火をつける
センコーに
火をつける
その時
自分にも
火をつける

まだまだ（84歳）

まだまだ
信仰が足らぬ
まだまだ
修行が足らぬ
まだまだ
愛情が足らぬ

しんみんよ
砥部の砥石で
己れを磨け

※砥部は砥石の名産地

冬生まれ（84歳）

冬生まれの
しんみんよ
冬の持つ
きびしさを
身につけよ
老いても
これを失うな
風雪に耐える

冬の木であれ

試練（85歳）

試練は
鞭ではない
愛なのだ
慈悲なのだ

詩徒（86歳）

しんみんよ
詩徒となるため
お前は生まれてきたのだ
いろいろの苦難も
いろいろの受難も
すべては詩徒となるための
試練だったのだ
新しい年を迎え
更に祈りを深め
この使命成就のため
邁進しよう

守らせ給え
導き給え

自戒（86歳）

愚痴や不平を言いたい時には
ぼろをまとうて
はだしで歩いた
願行不退の
一遍さんを思い
己れを叱り
己れを正せ

これでよいのか（86歳）

これでよいのか
これでよいのかと
いつもわが身に問うて
お釈迦さまの教えに
はずれぬよう
生きてゆこう

天を仰いで（86歳）

心が小さくなった時は
天を仰いで
大きく息をしよう
大宇宙の無限の力を
吸飲摂取しよう

しっかりしろしんみん（89歳）

しっかりしろ
しんみん

しっかりしろ
しんみん
しっかりしろ
しんみん
しっかりしろ
しんみん
しっかりしろ
しんみん

どこまで書いたら
気がすむか
もう夜が明けるぞ

しっかりしろ
しんみん

「思索ノート」より

「初心を忘れるな、初心とは六魚庵天国の時代であるし、自選詩集の時代である。聖フランシスの清貧を身につけるのだ、奢る心が少しでも起きたら、もう駄目だと思え！」

（平成元年2月3日「詩記661」）

「忙しいからといって妥協してはならぬ。年をくったからといって妥協してはならぬ。これだけは自分に対してきびしく言わねばならぬ。それはものを作る人間の鉄則だ」

（平成2年2月7日「詩記670」）

「一番恐ろしいのは、慢心だ、これにとりつかれると、どんな偉い人でも、駄目になる、せっかく立派な仕事をしながら、一ぺんに叩き潰され、みじめな人間になってしまう、つつしめ、つつしめ、足ることを知り、頑固一徹、慢心の誘いに乗るなかれ」

（平成3年5月20日「詩記678」）

「貧乏であれ、頑固であれ、反骨だったことを忘れるな。上を見るな、いつも下を見よ。あと十年しかないのだ、笑われるようなことをするな、そうした人間になるな」

（平成3年7月29日「詩記679」）

「妻の大患はわたしへの新しい出発。わたしの一大転換、一大警鐘、一大発心なのだ、悲しみより、立ち上るのだ。しっかりしろ〳〵」

（平成6年3月7日「詩記695」）

「わたしが詩を作り続けてこられたのは妻のおかげである。妻がわたしの生き方に反抗し、反発していたら生まれてこなかったであろう。いやわたしは中止してしまっていたであろう。黙っていてくれたので、続行できたのだ」

（平成7年11月28日「詩記711」）

「とにかく一年でも一日でも長く生きることなのだ。しんみんという晩生の人間は、長生きするのが、第一なのである。九十歳を越えるのだ」

（平成8年3月21日「詩記713」）

「一つでいいのだ。ただ一つ、詩を作り続けてゆくのだ。大きいことを考えるな。人のことを考えるな。自分は自分としてただひたすら、詩国賦算のことを思い専心するのだ」

（平成8年12月31日「詩記719」）

「今日から九十代の詩となる。今までとちがった詩を作るのだ。九十をどう生きるか。独自の道を行け」

（平成10年1月1日「詩記728」）

第6章

すべてを捨てて独りに戻る

——90代の箴言詩（平成11年～平成18年 —— 砥部時代）

世尊の年を超え90歳になった真民は、「90歳からが本当の生き方だ」「90歳からが本物の詩だ」と、100歳を目指して前向きに生きるようになります。しかし、社会的な付き合いが増え、詩碑の建立も増えて忙しい毎日を送ることとなり、真民は「詩作一途に生きること」を決心し、95歳で「朴庵例会」を止め、『詩国』500号で終刊として、「独りに戻る生き方」を最後の生き方とします。

要らないものは捨てる生き方を徹底して、杉村春苔先生への信仰を最後まで守りながら生涯を閉じるのです。

90代の箴言詩

晩生（90歳）

晩生（おくて）の人間だから
何もかも
晩生で行くのだ
しっかりしろ
しんみんと
生まれ故郷の
大きな晩生の
荒尾梨を頂いて
そう自分に
言いきかせた

九十歳代を
どう生きるか
これからがわたしの
本番である

こおろぎたちのこえ（90歳）

しんみんさん
これぐらいの寒さを
苦にするようでは
あなたも
駄目になりましたねと

こおろぎたちが言う
夜明けの祈りの
川原の草の中から

ただそれだけで（91歳）

宗教臭い人間になったら
もうおしまいだ
仏教臭い人間になったら
もうおしまいだ
詩人臭い人間になったら
もうおしまいだ

人を救うんだ
人を助けるんだ
そういうことを
口にする人間になったら
もうおしまいだ

花咲き
花散り
ただそれだけ
それでいいのだ

ただ黙っていても
心が結ばれてゆく

そういう人間にならなければならぬ

まだ序の口（92歳）

九十二歳は
まだ序の口

百歳を目指す
しんみんよ
しっかりしろ
しっかりしろと
一羽の鳥が

鳴いてゆく

脱皮一新（92歳）

八十代と
九十代とは
まったくちがう
それがわかった
からには
今までの
生き方では
駄目である

変わるのだ
蝉のように
脱皮
一新
するのだ
しっかりしろ
しんみん

生き方（92歳）

しんみんには
しんみんの

生き方がある
詩人には
詩人の
生き方がある

お互い
自分の生き方を
発見し
二度とない人生を
生きてゆこう

ついでに言っておくが

死に方など
心配しなくていい
神仏にお任せして
輪廻《りんね》
転生《てんせい》の
橋を渡ればいい

この二つを（93歳）

じぶんには
きびしく
ひとには

やさしく
この二つを
しっかと
丹田《たんでん》に
打ち込むのだ
しっかりしろ
しんみん

砥石（93歳）

砥部は砥石の産地である
砥部の砥石で

己《おの》れを磨け
と書いて
部屋に張っているが
いくつになっても
これでいいということにはなれない
結局は
すみません
すみませんと
お詫びしながら
世を終わるであろう

涼しさ（94歳）

春は花
夏ほととぎす
秋は月
冬雪さえて
すずしかりけり
これは道元禅師のお歌

仏教は
涼しい風である
涼しい人

それが仏身である
しんみんよ
涼しい人になれ

勇気を出して（94歳）

上がれなかった
階段が
上がれるようになった
昏倒してから
二カ月後
ある日

勇気を出して
上がった
久しぶりに見る
石鎚《いしづち》の山なみよ
雲わき
雲流れ
飛びゆく鳥よ
しんみんよ
勇気を出して
詩を作り
詩国賦算《ふさん》に命を賭けよ

苦を共にする（94歳）

階段が
あがれるようになっても
二階の書斎で
寝起きすることをやめ
ふすまをへだてて
妻と共に
寝起きすることにした
妻はひる眠り
夜起きているので
たんがつまり
たんに苦しむ

大きな声を出し
わたしも
眠れないが
それを苦にせず
一回でも多く
祈ることにした
わたしが倒れなかったら
このことは
体験しなかったであろう
すべてを
感謝で受けとめ
精進してゆこう
しっかりしろ

しんみん

生きるのだ

（96歳）

生きるのだ
生きるのだ
百歳まで
あと四年
生きるのだ
しっかりと
生きるのだ
生きるのが

わたしの信仰
わたしの念願
鳥たちよ
わたしを助けてくれ
霊鳥《れいちょう》
カラスよ
わたしを救ってくれ

「思索ノート」より

「九十歳からが、本当の生き方だ。九十歳からが、本物の詩だ。九十歳まで生かして下さったのは、九十歳から本当の詩を書くのだとの、大詩母さまのお心だったからだ。このことを片時も忘れるな」

（平成11年1月17日「詩記737」）

「しんみんよ、決してうしろを向くな、前を向いて行くのだ。前を向いてゆくというのは、詩の一道を、まっしぐらに行くということだ」

（平成11年3月17日「詩記738」）

「『詩国』五百号まで、元気で生きるのだ。ただ一心に、『詩国』を出してゆくのだ。二月号はできあがったので、三月号の詩を作るのだ。しっかりしろ、しんみん」

（平成12年1月10日「詩記744」）

「百歳まで生きるのだ、この断定の想念を、少しでもくずしてはならん。妻のために祈れ、この人をあの世にやってはいかん、しっかりしろ、しんみん」

（平成12年12月15日「詩記753」）


「生きるのだ、生きるのだ、生きるのだ。しっかと生きるのだ。これがわたしの信仰である。わたしの詩は、信仰の所産である。わたしの詩は、わたしの祈りである」

（平成14年12月28日「詩記774」）


「年が明けると酉年になる、それを楽しみに今年はしっかり生きてゆこう、生きることが、わたしの信仰だ」

（平成16年1月1日「詩記787」）


「今日は、最後の朴庵例会。一つ一つへらしてゆくのだ。そして最後は無になり、空になり、飛天になるのだ。捨てて捨てて、飛天になるのだ。しっかりしろしんみん」

（平成16年1月11日「詩記788」）

「生きるのだ、乾皮症は治らないから耐えゆくほかはない。もう書くな。一日でも長く生きるのだ。しっかりしろしんみん。鳩寿《きゅうじゅ》をしっかりと出してゆこう」

（平成16年7月27日「詩記791」）

「百歳を目指せ‼、あとは何も望むな‼、老人性乾皮症‼、これはどうしようもない。耐えるのだ。耐えるのだ」

（平成17年3月29日「詩記796」）

編集余録　西澤孝一

鈍刀を磨く

鈍刀《どんとう》をいくら磨いても
無駄なことだというが
何もそんなことばに
耳を貸す必要はない
せっせと磨くのだ
刀は光らないかも知れないが
磨く本人が変わってくる
つまり刀がすまぬすまぬと言いながら
磨く本人を
光るものにしてくれるのだ
そこが甚深《じんじん》微妙《みみょう》の世界だ
だからせっせと磨くのだ

坂村真民の生き方を考えるとき、私はどうしても禅の修行僧の生き方を連想します。自分を厳しく戒める「箴言詩」は、僧堂における戒律そのものです。

僧堂の修行僧の場合は、仏様への絶対的な信仰がその支えになっているのですが、真民の場合は、杉村春苔先生への信仰が、この厳しい「戒め」に耐えていける支えであったと思います。

真民にとって、杉村春苔先生は「観音様の化身」であり、「大詩母さま」「大詩霊さま」であり、全てを託して「縋《すが》ることができる人」であったのです。この方がいたからこそ、徹底的に自分を厳しく戒めても、最後は「大詩霊さま」が助けてくださると信じることができ、前向きに生きることができたのだと思います。

「思索ノート」の中でも、「自戒」「戒め」の言葉と、同じくらいの頻度で、「春苔先生への祈りの言葉」「救われた喜びの言葉」「信じることを確信した言葉」が書かれています。

最後に、真民が生涯をかけて書いた「箴言詩」の中から、特に真民の生き方とその考え方を表していると思われる詩を紹介したいと思います。

まず、「鈍刀《どんとう》を磨く」という詩です。この詩は真民75歳の時の詩ですが、一万篇を超える「真民詩」を集約した、生涯にわたって真民が常に自分を戒め、叱咤激励し、生きた生き方がこの「鈍刀を磨く」の詩に込められていると思われます。

鈍刀を磨く（75歳）

鈍刀をいくら磨いても
無駄なことだというが
何もそんなことばに
耳を借す必要はない
せっせと磨くのだ
刀は光らないかも知れないが
磨く本人が変わってくる
つまり刀がすまぬすまぬと言いながら
磨く本人を
光るものにしてくれるのだ
そこが甚深微妙《じんじんみみょう》の世界だ

だからせっせと磨くのだ

自分は名刀ではなく鈍刀であることを自覚して、一生涯をかけて自分を磨き続け、最後の最後まで「まだまだいかん。しっかりしろしんみん」と自分を励まし続けた真民の生き方がここにあると思います。

次に、「あとから来る者のために」という詩です。この詩は、真民が92歳の時の詩です。実はこの詩は、真民が65歳の時に書いた同名の詩を大幅に書き直したものです。

92歳になった真民が、今自分ができることは何か、若い人たちに考えてもらいたいこと、未来の子供たちに向かって「言い残しておきたいこと」等を書いたものであるといえます。

あとから来る者のために（92歳）

あとから来る者のために
田畑を耕し
種を用意しておくのだ
山を
川を
海を
きれいにしておくのだ
ああ
あとから来る者のために
苦労をし
我慢をし

みなそれぞれの力を傾けるのだ
あとからあとから続いてくる
あの可愛い者たちのために
みなそれぞれ自分にできる
なにかをしてゆくのだ

この詩も、あくまでも「自分に対する戒めの詩」であり、自分の生き方を自分自身に問うた詩であるといえます。

生きていくうえで本当に必要なものは、そう多くはありません。今の社会は必要以上のものを生産し、無駄なものが数多くあります。

あとから来る者のために、少し我慢をしてそれぞれができることをしてゆくことが私たちに求められているのだと真民は言っているのです。

最後に「白木蓮の下で」という詩です。

この詩は真民が90歳の時に書いた詩です。厳しい戒めを自分に課して生きてきた真民が、その戒めを守り通すことによって最後に「どのような人間になろうと思っていたのか」ということを考えた時、この詩にその思いがすべて託されていると思います。

白木蓮の下で（90歳）

お前は
どこに行くか
どこにも行きません
この地球に

いつまでも留まり
衆生を済度します
大きなことはできませんが
僅かな人でも
幸せにすることができたら
地涌《じゆ》の菩薩さまも
喜んでくださると思います
楽々とあの世に居る願いは
やめました
世尊もその方がよいと
おっしゃるでしょう
そんなことを思うて
咲き出そうとする

白木蓮の下に立っていました

この世の中には、悲しみや苦しみを抱えて毎日一生懸命生きている人がたくさんいます。真民はそういう人々を、一人でも多く幸せにするために、自分だけ極楽浄土に行って安楽な暮らしをするのではなく、この世に残りできる限りのことをする。そういう人々と共に、一緒に手を取って生きてゆくことを決心したと言っているのです。

これが、坂村真民の生き方の大きな特徴であり、まさに、仏教の根本思想である「衆生無辺誓願度《しゅじょうむへんせいがんど》」の生き方です。

坂村真民の生き方は、仏様の生き方でもあるこの「衆生無辺誓願度」をいかにして実践してゆくか、ということをいつも考えながら生きてきた「生き方」であったと言えます。

あとがき

この本で、私は皆さんに、坂村真民のように生きることや、そういう生き方を求めているのではありません。

真民詩の持つ純粋性、人々への慈しみの心、他者への限りない愛情は、こういう生活、生き方の中から生まれてきていることを知ってもらいたいからなのです。

例えば、心温まる家族を詠《うた》った詩は、この自己を厳しく戒めて生きている真民にとって、その厳しさを救ってくれ、癒やしてくれる唯一の存在が家族であり、その家族への限りない愛情を表現したものなのです。

また、花や鳥など、生きとし生けるものへの優しさを詠った詩は、この厳しい修行僧のような生き方の中で、「仏の心」に近づくために、日々精進する中で生まれてくるのです。

現代の社会は、辛い事や苦しい事をなるべく避けて、楽で手軽な生き方を求めている人が多くなってきていると思います。

しかし、一方で、大きな災害や地震が起こった時には、被災地域に駆け付け、泥まみれになってボランティア活動を行う人々（その多くは若者です）がたくさんいるということも事実です。日本人の精神の根底には、「悲しみを共に悲しみ、共に生きる心」が脈々と受け継がれているのです。

どんな社会においても、一番大切なのは人間の心です。その心を、鍛え、育み、美しいものにするのは、独り独りの人間の「自分を見つめ、反省し、今日より少しでも良い生き方をしたいと願う、心」ではないでしょうか。

この本で、ご紹介している坂村真民の生き方は、まさにその独りの人間の限りない「生きる努力の証」であり、誰もが持っている「人間の心」の素直な表れなのです。

効率的な生き方を求める「ＡＩの生き方」では、味わえない、曲がりくねった、でこぼこ道を、こつこつと歩いて生きる、真民の生き方は、「ＡＩの生き方」からすれば、決して最善ではないかもしれませんが、独り独りの人間が、自分にしか歩けない「人生」を歩くためには、大いに参考になる生き方ではないでしょうか。

馬鹿正直、真っすぐな、「馬鹿にされようと、笑われようと、真っすぐに、時間をかけて、生きること」が、ＡＩには絶対まねのできない生き方であり、それこそが、人間の人間たる生き方、ではないでしょうか。

私は、愚直な、この生き方の中にこそ、時代を超えて、人間が人間として生きてゆくために求められている「人間としての生き方」があると思っています。

最後に、この詩集の草稿をまとめている段階で、こんな「真面目な詩集」は絶対に売れないと言われ挫けそうになった時に、ご多用の中、何度も拙稿を読み返し、懇切丁寧なご助言をいただき、出版の英断を下してくださった致知出版社の藤尾秀昭社長に心からの感謝とお礼を申し上げます。また、その間終始私を励まして編集の労をおとりくださった小森俊司様にも心よりお礼申し上げます。

さらに、もう一人、この詩集に込められた真民の想いに共感してくださり、出版への長い道のりを励まし続けてくださり、さらに本書の巻頭に身に余る「推薦のことば」をお寄せくださった、円覚寺の横田南嶺管長様に心より感謝を申し上げて筆を擱《お》きます。

令和元年十月

西澤孝一

坂村真民　年譜

1909（明治42年）	0歳	1月6日熊本県玉名郡府本村（現在の荒尾市）に生まれる。
1915（大正4年）	6歳	玉名村小学校に入学。
1917（大正6年）	8歳	9月14日、父（玉名村玉名尋常高等小学校長）急逝。
		生涯の大転機となる。玉名の家を去り、父の生家に寄食する。
1921（大正10年）	12歳	4月、熊本県立玉名中学校に入学。
1926（大正15年）	17歳	山坂往復12キロの道を通い中学校を卒業。
1927（昭和2年）	18歳	4月、伊勢の神宮皇學館（現皇学館大学）に入学。
1929（昭和4年）	20歳	9月、短歌結社「蒼穹」（岡野直七郎主宰）に入社する。
		徴兵検査で「筋骨薄弱第二乙」と宣告される。
1931（昭和6年）	22歳	3月、神宮皇學館本科国語漢文科を卒業。
		4月、熊本に戻り、画図小学校の教員となる。
1934（昭和9年）	25歳	4月、全羅南道順天女学校の教員として、朝鮮に渡る。
		9月、忠清北道清州高等女学校に転勤する。
1935（昭和10年）	26歳	3月、帰省し、玉名郡月瀬村青木の辛島久代（18歳）と結婚する。
1938（昭和13年）	29歳	8月、第一回召集を受ける。
1940（昭和15年）	31歳	1月、除隊。
1941（昭和16年）	32歳	3月8日、（長女）茜昇天する。
		4月、全羅北道全州師範学校に転勤する。
1944（昭和19年）	35歳	4月27日、長女・梨恵子生まれる。
1945（昭和20年）	36歳	8月6日、第2回目の召集を受ける。終戦。

1946（昭和21年）	37歳	11月、朝鮮より引き揚げ、熊本に帰る。 3月23日、次女・佐代子生まれる。 5月、家族を連れて四国へ渡り、愛媛県三瓶町の私立第二山下高等女学校教諭に着任する。
1948（昭和23年）	39歳	4月、学制改革により、愛媛県立三瓶高等学校教諭となる。
1949（昭和24年）	40歳	5月、三女・真美子生まれる。
1950（昭和25年）	41歳	1月、個人詩誌「ペルソナ」を創刊し、長い短歌生活に別れを告げる。 4月、県立吉田高等学校に転勤する。 臨済宗妙心寺派専門道場のある大乗寺を知る。
1951（昭和26年）	42歳	4月、第一詩集「六魚庵天国」を発行する。 7月25日、「参禅録」（「詩記」の原型）を書き始める。 7月25日、本当の詩人として生きるため、大乗寺の河野宗寛老師のもとを訪ね、参禅の決意を話す。
1953（昭和28年）	44歳	3月27日、杉村春苔尼先生（51歳）を別府市のお宅に訪ねる。 5月16日、母・タ子が永眠する。（72歳）
1955（昭和30年）	46歳	10月18日中心性漿液性網膜炎の診断を受け、安静休養を命ぜられる。
1956（昭和31年）	47歳	眼の病に引き続き内臓の病気に罹り生死を彷徨うが、利根白泉先生の助力により大難を克服する。
1959（昭和34年）	50歳	4月、県立宇和島東高等学校に転勤する。 6月19日、初めて森信三先生にお会いする。 9月12日、初めて道後宝厳寺を訪ねる。
1962（昭和37年）	53歳	6月、森信三先生にお会いし、「詩国」発刊の一大教示をいただく。

		7月13日、個人詩誌「詩国」を創刊する。（無料配布）
1964（昭和39年）	55歳	2月23日、第1回目の退職勧告を受けるが、生活のため断る。
		12月14日、校長から2回目の退職勧告を受ける。
1965（昭和40年）	56歳	3月、梨恵子大学卒業・松山市内中学校の教師となる。
		4月、県立吉田高等学校に転勤する。
1966（昭和41年）	57歳	3月、県立吉田高等学校を定年退職する。
		4月、県立吉田高等学校の非常勤講師（1年間）となる。
1967（昭和42年）	58歳	2月、大東出版社より、「自選坂村真民詩集」刊行される。
		4月6日、宇和島市から松山市余戸の借家に引っ越す。
		4月6日、私立新田高等学校の講師となる。
		10月1日、伊予郡砥部町に居を定める。
1969（昭和44年）	60歳	1月、全国の刑務所に「自選坂村真民詩集」を納本する。
1970（昭和45年）	61歳	9月、「自選詩集」第8版となり、発行部数が1万部を超える。
		10月、「詩国」100号を発行する。
		11月、京都市の「常照寺」に「念ずれば花ひらく」碑初めて建立される。
1972（昭和47年）	63歳	3月、眞美子大学卒業・就職。
1973（昭和48年）	64歳	12月、「詩記」が500冊となる。
1974（昭和49年）	65歳	1月、愛媛新聞賞（文化部門）を受賞する。
		3月、私立新田高等学校を退職する。（詩一筋に生きる決心）
1977（昭和52年）	68歳	6月11日、杉村春苔尼先生逝去される。（75歳）
1980（昭和55年）	71歳	1月、NHK教育テレビ「宗教の時間」で「祈りの詩」が放映される。反響の手紙殺到するが（詩国を読みたい）、すべて断る。

1981（昭和56年）	72歳	6月、第4回正力松太郎賞を受賞する。
		11月、『一遍上人語録―捨て果てて』（大蔵出版）刊行される。
1982（昭和57年）	73歳	7月、『詩国』発行満20年となる。
1983（昭和58年）	74歳	1月、中学道徳『生きる力』（大阪書籍）に「二度とない人生だから」掲載される。
1985（昭和60年）	76歳	10月、『坂村真民全詩集』（大東出版社）第1巻刊行される。
1987（昭和62年）	78歳	6月、『詩国』300号を発行する。
		7月、月刊誌『致知8月号』インタビュー記事が掲載される。
1989（昭和64年）	80歳	1月、昭和最後の日、すべての番組が中止されるなか、NHKテレビで「念ずれば花ひらく」が放映される。
1990（平成2年）	81歳	1月7日、「開花亭」にて「朴庵例会」が始まる。（毎月第1日曜日）
1991（平成3年）	82歳	3月、第25回仏教伝道文化賞を受賞する。
		6月、妻・久代「乳がん」の手術を受ける。（74歳）
		8月、眞美子が母の看病のため東京から帰ってくる。
1994（平成6年）	85歳	2月、妻・久代「くも膜下出血」で倒れる。（77歳）
		9月4日、「詩記」700冊となる。
1995（平成7年）	86歳	10月、「詩国」400号を発行する。
1996（平成8年）	87歳	3月、県立美術館の「田中一村展」を4回見にゆく。
1998（平成10年）	89歳	2月、朴庵例会が100回を迎える。
1999（平成11年）	90歳	11月、愛媛県功労賞を受賞する。
2000（平成12年）	91歳	11月、妻・久代（83歳）「脳梗塞」のため入院、手術。（60日間）
2001（平成13年）	92歳	7月、愛媛県立美術館にて「坂村真民展」が開催される。
2002（平成14年）	93歳	7月、「詩国」発行満40年となる。

2003（平成15年）	94歳	9月、「体が痒くて眠れない」との記述が「詩記」に出てくる。 3月、2階の仕事部屋で転倒し、以後1階の部屋で妻と襖を隔てて生活することとなる。
2004（平成16年）	95歳	11月、熊本県近代文化功労者賞を受賞する。 1月、朴庵例会を171回で終える。 2月、「詩国」500号を発行し、終刊とする。 2月、「詩国発刊500号記念全国朴の大会」が愛媛県民文化会館で開催される。
2005（平成17年）	96歳	3月29日、「詩記」（796冊）で終わる。 9月、「鳩寿」15号を発行し、終刊とする。
2006（平成18年）	97歳	5月、この頃より体調管理のため砥部町内の病院に入退院を繰り返す。 8月、体調不良で再入院する。 12月11日老衰のため砥部町にて永眠する。享年97歳。

〈著者略歴〉

坂村真民（さかむら・しんみん）

明治42年熊本県生まれ。昭和6年神宮皇學館（現・皇學館大學）卒業。22歳熊本で小学校教員になる。25歳で朝鮮に渡ると現地で教員を続け、2回目の召集中に終戦を迎える。21年から愛媛県で高校教師を務め、65歳で退職。37年、53歳で月刊個人詩誌『詩国』を創刊。18年97歳で永眠。仏教伝道文化賞、愛媛県功労賞、熊本県近代文化功労者賞受賞。著書に『坂村真民一日一言』『自選 坂村真民詩集』『詩人の颯声を聴く』など多数。講演録ＣＤに『こんにちただいま』がある（いずれも致知出版社）。

〈編者略歴〉

西澤孝一（にしざわ・こういち）

昭和23年愛媛県生まれ。16歳の時、坂村真民と出会う。18歳で真民の詩に感銘を受け愛読書となる。大学を卒業後、愛媛県庁に就職し定年まで勤め、その間、坂村真民の三女と結婚。真民の晩年を共に過ごし、最期を看取る。平成24年より坂村真民記念館館長。著者に『かなしみを あたためあって あるいてゆこう』（致知出版社）がある。

坂村真民箴言《しんげん》詩集　天を仰いで

令和元年十一月十五日第一刷発行

著者　坂村　真民

編者　西澤　孝一

発行者　藤尾　秀昭

発行所　致知出版社

〒150-0001東京都渋谷区神宮前四の二十四の九

TEL（〇三）三七九六―二一一一

印刷　㈱ディグ　製本　難波製本

落丁・乱丁はお取替え致します。　（検印廃止）

ISBN978-4-8009-1221-3 C0095

ホームページ　https://www.chichi.co.jp

Ｅメール　books@chichi.co.jp